SHARK

SHARK   Story 문雲 ✕ 김우섭 Art   3

이럴 때일수록
신중해야 합니다.

저도 같은
생각입니다.

이제 막 서울을 제패한
현우용의 입장에선

큰형님의 복귀가
달갑지 않았겠죠.

아마도 큰형님의
출소 시기에 맞춰
꽤 오래전부터
준비했을 겁니다.

오늘의
도발은 그저
우리와 전쟁을 벌일
명분을 마련한 것에
불과할 겁니다.

흠…

4

갑자기 왜
그러셨습니까.

얼마 전까지만 해도
물범은 그냥 내버려 두라고
지시하지 않으셨습니까.

응? 뭘?

오늘 저녁까지만 해도
정말로 그럴 생각이었지.

호랑이가
이빨 빠진 늙은 똥개를
신경 쓸 필요는
없으니까.

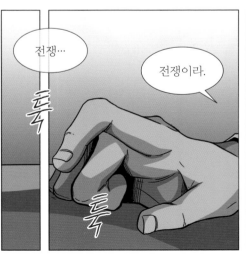

사실 우용이파가 이만큼 클 수 있었던 건 현우용과 대포, 이 두 사람의 힘 때문이지 조직의 규모 자체는 그리 크지 않습니다.

서울에서 가장 강력한 세력이 된 지금도 전체 조직원 수는 우리의 3분의 1도 채 되지 않을 정도니까요.

바꿔 말하자면 그 두 사람만 없으면 우용이파는 별거 아니란 겁니다.

실질적으로는 한 명이나 마찬가지입니다.

대포는 결코 현우용의 주변을 뜨는 법이 없으니까요.

그렇다면…

예. 우리가 병력을 나눠 놈들의 모든 사업장을 동시다발적으로 타격하면 적절하게 대응하지 못합니다.

제 아무리 날고 기는 현우용이라도 손발 모두 잘리고 나면 숙이고 들어올 수밖에 없겠지요.

일리가 있어. 구체적인 계획은…

큰일 났습니다!

7

우용이파 놈들이 쳐들어왔습니다!
지금 1층에서 올라오는 중입니다!

뭐 하는 짓이야.
큰형님 계신 거
안 보여?

죄송합니다.
워낙 급한
일이라…

?

이런 건방진…
여기가 어디라고!

선봉이 누구야?
현우용이 직접 왔나?

아뇨. 현우용이나
대포의 모습은
안 보입니다.

머리카락으로
한쪽 눈을 가린
어린놈이 선봉입니다!

그놈이구나.

오히려 잘됐습니다.
녀석들은 아무런 이득도
취하지 못하고 안 그래도
부족한 병력만 소모하고
말 겁니다.

현우용이 직접
오지 않은 이상
아무 문제없습니다.

녀석들에겐
인물이 없어요.

축제로구나!!

역시
깡패가 되길
잘했어.

…하!

신나는 일이
끊이질 않잖아!

굳이 이렇게까지
할 필요가 있나?

그래도 혹시 모르니
큰형님은 안전한 곳으로
이동하셔야지요.

크흠!

펑_

덜_컹!

허억-!

허억-!

툭

허억

역시나,
여기들 계셨네.

허억-

!!

쿠-웅♪

허억-

실컷 놀았으니
이제 슬슬 시마이합시다.

허억-

빠극!

이, 이노옴!!

후우.

이제 혼자 남으셨네?

허억...

허억...

한 가지만 묻자.

만에 하나 네가 여기서 나를 잡는다 해도 밖에는 내 부하들과 사업장이 건재하다.

설마 그 사실을 모르진 않았을 텐데 곧장 이쪽으로 쳐들어온 이유가 뭐냐.

그야 댁이 여기 있으니까.

주먹은 제법 쓴다만 머리는 안 돌아가는

아, 그게 그렇게 되나? 몰랐네.

아 그래?

씨익

그런데 이걸 어쩌나? 난 그딴 거 아무래도 상관없는데?

뭐?

이거 아주 대책 없는 놈이네.

비즈니스란 너처럼 하는 게 아니야.

우리 집 되게 부자거든. 중학생 때부터 한 달 용돈이 100만 원도 넘었어.

그런데 난 꼭 하루에 딱 4,000원씩 충전되는 우리 반 거지 새끼의 꿈나무 카드를 빼앗아서 간식을 사곤 했지.

물론 실제로 먹은 적은 거의 없어. 보통 사자마자 바로 버렸지.

그냥 나 때문에 그 찐따가 하루 종일 쫄쫄 굶는 걸 지켜보는 게 재밌어서 그랬을 뿐이야.

기대 이상인데?

정말로 단번에
물범을 잡아버릴 줄은
몰랐어. 하하하!!

하지만 물범의 세력은
여전히 건재합니다.

한동안
꽤 피곤해질 겁니다.

뭐 어때.

네가 싸지른 일이니까
끝까지 책임질 수
있겠지?

물론이죠.
오늘 아주
재밌었습니다.

녀석, 시원시원해서
좋단 말이야.

그건 그렇고 너.

...정말로
죽일 생각이었냐.

?

물범의 상태는 들었다.
조금만 늦었으면
큰일 날 뻔했다더군.

...

대답 잘해라.

...

사람을 죽일 생각은 없어요.

피식

...딱 한 놈만 빼고.

한 명이라...

너에게 첫 패배를 안겨줬다는 그 소년을 말하는 건가.

벼력!

지긴 누가 졌다고 그래!!

으드득

헌데…

상대가 차우솔이라서
너무 방심해버린 탓일까.

그 결과…

녀석이 볼펜을 집어 드는 것을
미처 확인하지 못했다.

녀석의 리치가 순식간에
10cm나 늘어나버렸다.

아주 잠깐
방심했을 뿐이라고!!

방심해서
당했다…

너무나도 전형적인
패배자의 변명이잖아.

물론 녀석은
대가를 치를 겁니다.

3년간 교도소에서
지옥을 경험하고 나오면
평생 따라다니면서 실컷
괴롭히다가 싫증 나면
마지막엔 파묻어
버릴 테니까.

글쎄…
과연 네 맘대로
될까?

?

네 말마따나
그 소년은 지금
지옥에 있다.

지옥은 사람을
괴롭히기도 하지만
단련시키기도 하지.

33

이젠 정말 갈 때가
다 됐구나.

딱!

오래 기다렸죠?!

지난주보다 1분 단축이다.
잘하고 있어.

다행이네요.

와봐.

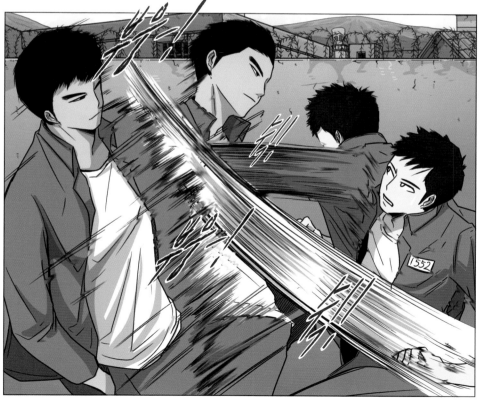

39

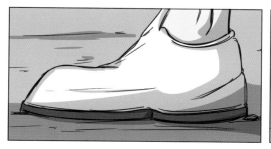

진짜는…

이겁니다!!

진부해.

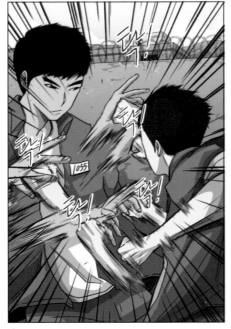

시간 거의 다 됐네.
슬슬 정리해볼까.

쉬잉一!

쉬잉一!

쿡!

!

...어!?

척억

...

오늘은
여기까지.

나쁘진 않았어.

물론
네 수준에서의
이야기지만.

혹시나 했더니
역시나네요.

이번엔
한 방 정도는
먹일 수 있을 줄
알았는데.

너무 실망하지 마.

내 안면에 클린 히트를 먹이는 건 세계 정상급 선수들도 대부분 실패한 과제니까.

ㄷㄷ♡♡♡

대부분이라고 말하는 걸 보니 그래도 아주 없진 않았나 봐요?

있었지. 방심하다가 제대로 한 방 맞은 적이.

?

물론 곧바로 반격해서 끝장 내버렸지.

내 은퇴전다운 시합이었어. 의도했던 건 아니지만.

...

뭐 그거야 아무래도 좋고. 다음 주에 내 생일인 건 알고 있지?

...예. 알고 있어요.

뭐야,
그 표정은?

아니에요,
그런 거.

튼튼한 방파제가
날아가게 생겨서
슬픈가 보지?

너무 걱정하지 마.
매번 나만 상대해서
실감이 잘 안 날 수도 있는데
넌 전보다 훨씬 강해졌다.

어지간한
동네 양아치 정도는
상대도 안 될 거야.

다 형 덕분이죠.

피식

네가 묵묵히
잘 따라와준
덕이지.

다만 아무래도 훈련 기간이
워낙 짧았던 탓에
아직 네 또래 최정상급 싸움꾼들을
상대하는 건 쉽지 않을 거야.

예를 들면
이곳의 세 반장이나....

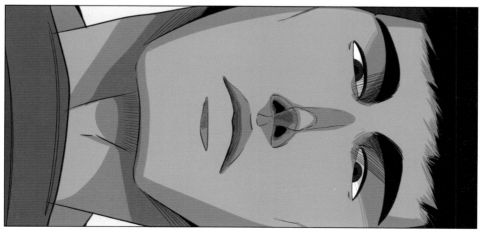

남은 일주일 동안 두 가지 기술을 더 전수해줄 생각이야.

그러니까 내가 떠나더라도 훈련을 멈추지 말고 꾸준히 스스로를 갈고 닦아야 해.

꼭 그렇게 할 게요.

그리고.

?

두 가지요?

첫 번째 기술은

현대 격투기에선 거의 사장됐지만 배석찬을 상대할 때만큼은 꽤 쓸모가 있는,

말하자면 대(對) 배석찬 전용 기술이야.

?!

다시 한 번 말하지만 출소 후 배석찬과의 싸움은 피할 수만 있다면 피해라.

3년간의 훈련 정도로 따라잡을 수 있는 격차가 아니니까.

하지만 모든 상황이 여의치 않다면 이제부터 알려줄 첫 번째 기술을 적절히 활용해서 맞서도록 해.

0%의 가능성을 한 10%까지는 올려줄 수 있을 거야.

대체 어떤 기술이길래?

꿀꺽

일단 제대로 들어가기만 하면 녀석은 완전한 어둠 속에서 너를 상대해야 할 거야.

잘 봐.

어때?

우… 우와…

지금 곧바로 따라 할 순 없겠지만 개념 정도는 이해가 되지?

툭

다시 한 번 강조하자면 핵심은 어깨야.

그런데 이게 왜 배석찬만을 위한 기술인 거죠? 항상 사용해도 충분히 쓸 만할 것 같은데.

아아, 장점 위주로 설명하다 보니 거의 무적의 기술인 양 오해를 한 것 같은데 꼼꼼히 따져보면 단점도 적지 않아.

프로들의 세계에서 잠시 유행하다가 지금은 아무도 사용하지 않는 데는 다 이유가 있어.

특히 배석찬처럼 동체 시력이 우수한 타격가가 상대라면 항상 카운터펀치를 조심해야겠지?

어떤 단점이요?

가장 대표적인 단점은 의외로 빠르지 않다는 거야.

어떻게 보면 당연한 거지. 인간의 몸은 기계가 아니니까.

명심해. 두 번째 기회는 없어. 그러니까 신중히 생각해서 가장 적절한 타이밍에 사용해야 할 거야.

예.

첫 번째 기술은 일단 이 정도면 됐고.

이어서 두 번째 기술.

이 기술은 공식 시합에서는 사용할 수 없어.

제압보다는 살인에, 스포츠보단 전쟁에 더 어울리는 기술이니까.

전 그런 거 못 해요. 배우고 싶지도 않고.

끝까지 들어.

?!

실은 이 기술을
너에게 알려주는 것이
과연 옳은가를 놓고
오늘 아침까지 고민했어.

너의 인격과
판단력을 믿지만
사람 일이라는 게
어떻게 될지 모르는
거니까.

…결론은
너에게 맡기기로
했다.

이 기술을 배울지 말지,
스스로 결정해라.

예?

내일 운동 시간까지
충분히 고민해보고…

아 물론, 지금 당장
결정하란 건
아냐.

아뇨.

?

배우겠어요.

그렇게 쉽게 결정할
문제가 아니야.
이건…

아뇨.

확실히
결심했어요.

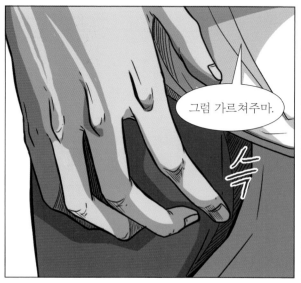

그럼 가르쳐주마.

쑥

…잘 봐.

…일단 제대로
들어가기만 하면
상대가 인간인 이상
그대로 끝이야.

…무섭다.

물론 완전히
네 것으로 만들려면
충분한 연습이
뒷받침 돼야겠지.

두근

두근

…말 그대로 제압이
아닌 처단이
목적인 기술이잖아.

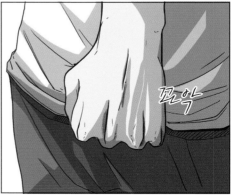

꼬옥

65

예. 열심히 할게요.

참되고 빛나라.

끼익

덜컹

턱

통

너희 셋, 따라와.

몸 상태들은 어때?

이젠 괜찮습니다.

다행이네.

뭐, 다행인 건…

사고를 쳤으면 책임을 져야지?

…

다행인 거고…

이원준, 한성용. 너희 둘은 징벌방 10일의 징계에 처한다.

억울합니다.

저흰 그저 이 전봇대 녀석이 갑자기 덤벼들어서 대응한 것뿐인데.

수작 부리긴.

아직 퇴원 못 한 천경수가 다 말했어.

!!

피식

너희 둘, 아주 맹랑한 짓을 저질렀더라?

역시 우리 방장님.

원래는 더 받아야 할 것을 나름 자비를 베푼 거야.

씨발놈. 그 사이에 또 배신했군.

으드득

아주 배신의 아이콘이네.

그래도 억울하면 정석으로 이의 제기해. 철저하게 원칙대로 처리해줄 테니까.

그리고 정상협.

넌 징벌방 20일의 징계에 처한다.

…아닙니다. 받아들이겠습니다.

자초지종은 들었다만 징벌방에서 복귀하자마자 또 싸움질을 한 건 사실이니까.

…

0915

형량 추가까지 안 간 걸 감사히 생각해.

…예.

특별 관리동

뚜벅

뚜벅

0915

0940

중열

너 20일,
우리 10일…

중간에
열흘이 비네?

열흘간 즐겁게
기다릴게.

응?

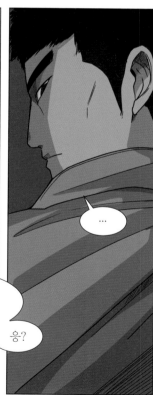

…

들어간 지
한참 됐잖아요?

아직 6일
남았어요.

입만 열었다 하면
상욕이라 근무자 모욕으로
징계 일수만 계속
늘어나니까.

요즘은 아예
하루 종일 한 마디도
안 하더라고요.

그나마
다행이네요.

나가자마자
뭔가 더 저지를 것 같은
눈빛이라.

아하…

글쎄요. 전 그래서
더 걱정되던데.

이제 열여섯 살 먹은 애가 뭐가 그렇게 맺힌 게 많은지 원.

그나저나 누구야?

예? 뭐가요?

어제 말이야.

처음엔 안 배우겠다고 손사래부터 치더니

설명을 좀 듣고 나선 갑자기 돌변해서 꼭 배우겠다고 덤벼들었잖아.

척 보면 탁이지.

74

누굴 지키고 싶은 거야? 여자친구?

콜록!

콜록!

사, 사귀는 거 아니에요.

오호라, 아직 사귀는 건 아니지만 아무튼 있긴 있다는 거네.

아, 그게…

하끈!

녀석, 은근히 엉큼한 구석이 있다니까.

ㅋㅋㅋㅋ

아니라니까요!!

그런데.

?

…예쁘냐?

끼익—

특

부웅

참되고 빛나라.

참되고 빛나라.

무슨 일로 오셨어요?

친구 면회 왔는데요.

이쪽으로 들어오세요.

친구 이름이?

예?

차우솔이요.

멈칫!

이것도
자꾸 하다 보면
익숙해져.

뭐... 뭐야...

예를 들면.

이런 것도
가능해지지.

정말 이 형의 한계는
어디일까?

이쯤에서
5분간 휴식.

후우...

다시 한 번 강조하지만
첫 번째 기술의 핵심은
튼튼한 어깨야.

부...

거기 1552번
맞지?

예?

면회다.
얼른 올라가서
준비해.

면회요...?

…그게 무슨 말이에요?

그 수용자는 방금 다른 면회객이 들어갔어요.

규정상 한 수용자는 하루에 한 번만 면회가 가능하거든요.

안타깝지만 나중에 다시 오셔야겠습니다.

아…

개인적으로는 도와주고 싶지만 규정은 규정인지라 어쩔 수가 없어요.

…괜찮아요.

그런데 먼저 오신 분은 누구신가요? 우솔이네 부모님이 오신 건가요?

아뇨. 친구라고 하던데요.

누구지? 딱히 올 만한 사람이 없을 텐데.

큭큭큭. 설렜냐?

아쉽게도
또 나야.

썩

오늘 좀 한가해서
네 낯짝 보러 와봤다.

내가 요즘
어떻게 지내는지
알려줄까?

집 나와서 조폭 노릇하고 있어.

웃기지 않냐? 이 나라 최고의 권투 유망주이자,

미래의 세계 챔피언이었던 내가 고작 깡패라니.

물론 조폭이 나쁘다는 건 아냐.

…

이것저것 복잡하고 귀찮은 규정투성이인 권투보다,

훨씬 자유롭게 치고받을 수 있거든.

뒤늦게 진짜 적성을 찾았다고나 할까?

그렇다고 해서 널 용서하거나 할 생각은 추호도 없으니까 헛된 기대는 하지 마.

어디에 숨든 반드시 찾아내서…

끄악—

썰믈

안 숨어.

뭐?

재도전이라면
얼마든지 받아줄 테니까
틈만 나면 찾아와서
조르지 마.

황장

뭐? 재도전?

넌 이미
나에게 졌다.

부릉!

이긴 내가
왜 숨어야 하지?

···그러고 보니
이놈···

불과 몇 달 사이에
몰라보게 체격이 좋아졌다.

1552

거기다가 주먹에는
굳은살이 잔뜩
박여 있잖아?

!!

크크크크!!

ㅋㅋㅋㅋㅋ
ㅋㅋㅋㅋㅋ

뭐야,
그런 거였어?

씨바, 골 때리네.
쿡쿡쿡!!

요즘 운동 좀
하나 봐?

벌떡

씨발 새끼…

반드시
죽여버린다!

잘했어.
…잘한 거야,
차우솔!

결국 얼굴도
못 보고 가네.

냐아앙!!

?

부다다!

부다다다!

크크크!
이게 누구야.

?

움찔!

어째 낯이
익다 했는데…

너, 넌?

맞네.

뚜벅

뚜벅

뚜벅

주춤...

뭐야, 그 표정은?
겨우 하루였지만
같은 반이었잖아.

움찔!

!!

반가운
동창을 만났는데
좀 웃지그래?

근데 여긴 어쩐 일이냐?
차우솔이 면회 왔냐?

서, 설마
먼저 왔다는
사람이?

응, 나야.

그 새끼는 주기적으로
갈궈줘야 하거든.

이제 우솔이 좀
그만 놔두라고!

…생긴 건 완전 모범생인데
별로 그렇지도 않나 봐?

왜 이렇게
기억력이 달려?

…무슨?

그때 말했잖아.

난 기지배도
아주 잘 때린다고.

!!

씨발년, 쫄기는.

지난번 일도 그렇고 이렇게 면회까지 온 걸 보니 차우솔하고 많이 친한가 봐?

뭐?

중얼 그렇지. 많이 친하겠지.

중얼 …잘됐네.

너무 늦게까지 싸돌아다니지 마.

낮에도 큰길로만 다니고.

무, 무슨 말이야?

별름

그냥 그러는 게 좋을 거라고.

착!

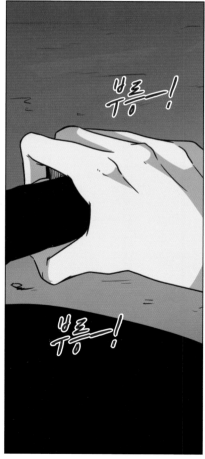

부릉!

부릉!

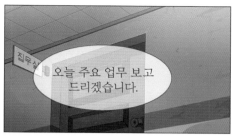

오늘 주요 업무 보고 드리겠습니다.

구세영 외 5명이 만기 출소, 정동재 외 8명이 신규 입소합니다.

여성 수감동 징계 복귀 1인 있습니다.

그리고…

18시에 정도현이 수감 중 연령 초과 사유로 XXX 성인 교도소로 이감됩니다.

이야, 그래도 생일이라고
미역국 챙겨주는 거 봐라.

뚜벅

뚜벅

스윽

스을

야 뚱땡이,
일찍 일찍 다니라는
말 못 들었어?

깜짝!

어, 언니.

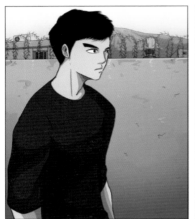

어때요?

헉!

대단한데?
솔직히 이렇게 빨리
첫 번째 기술을 습득할
거라곤 생각하지
못했어.

물론 아직 완벽하게
자기 것으로 만들었다고
볼 순 없지만.

그거야 뭐,
시간이 자연스럽게
해결해줄 테니까.

형이 떠나기 전에 꼭 보여주고 싶었어요.

녀석, 오버하긴.

떠식

…

자, 그럼 이것으로 마지막 수업까지 모두 마친…

잠시만요.

552

무슨 할 말?

꿀꺽

솔직히 처음엔
그저 출소 후에,

배석찬에게
당하지 않으려고
시작한 거였는데…

날이 갈수록
그냥 이 운동 자체가
너무 좋아져버렸어요.

매일매일 몸은
힘들었지만,

그러면서도
내가 살아 있다는
느낌도 받고…

52

저에게 있어서 지난 몇 달간은 처벌과 절망이 아닌,

회복과 희망의 나날들이었던 것 같아요.

그랬다면 다행이고.

…그래서 결심했어요.

응?

평생 이 길을 걸어보기로.

설마 너?

출소하면
프로 파이터에
도전해보려고요.

두

웅!

예,

잘 생각해보고
결정한 거야?

프로 파이터의 삶은
네 생각보다 훨씬
힘들어.

각오하고
있어요.

...

멍—

그리고...
한 가지 부탁이
더 있어요.

?

만약에요,
진짜 진짜
만약에…

형이 출소했을 때
제가 챔피언이
되어 있다면…

그땐 저와
싸워주세요.

이 녀석.

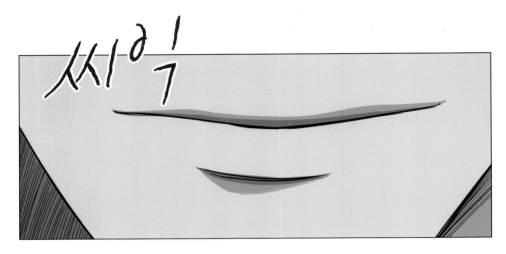

씨익

그래.

그런 날이 오거든
너에게 정식으로
도전장을 내밀어주마.

고마워요.

1552

시그락_

휘비잉_

떨컹!

끼릭─

0444번,
원래 방으로
복귀다.

쓱

내일만 돼봐라.

이번에야말로
진짜 임자를 만나게
해줄 테니까!

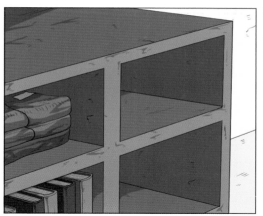

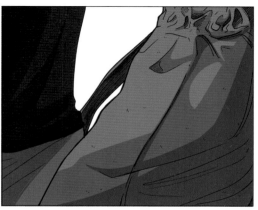

뚜벅

뚜벅

덜컹!

1055번.
이감이다.

벌떡

잠시 작별 인사를
좀 했으면 하는데요.

빨리 끝내게.

1분이면 됩니다.

...

...형.

솔직히 넌 약해.

배석찬처럼 뛰어난
눈을 타고나지도 않았고,

정상협처럼 체격이
좋은 것도 아니야.

이원준의 박력이나
한성용의 센스도
너하고는 거리가 멀지.

상어란 놈은 부레가 없어서
잠깐이라도 움직임을 멈추면
물속에 가라앉아 죽어.

그래서 태어나서 죽을 때까지
끊임없이 움직이고 또 움직여야 해.

너도 마찬가지야.

살아남고 싶으면
절대로 포기하지 말고
끊임없이 발버둥 쳐.

그러다 보면 어느 순간
최고의 사냥꾼이
되어 있을 거야.

뭐, 하긴.
그거야말로 네 특기였지.

그 덕에
내 생전 처음으로
항복 선언까지 했었으니까.

피식

이봐, 아직 멀었어?
밖에 호송차
기다리고 있어.

다 됐습니다.

훅

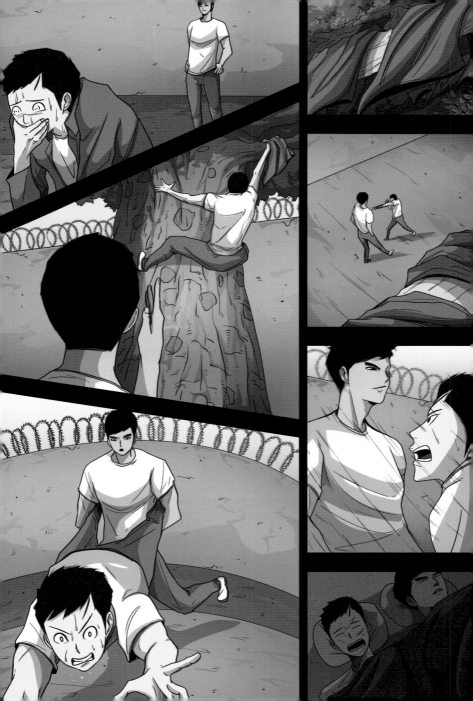

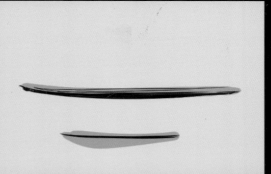

고속버스냐?

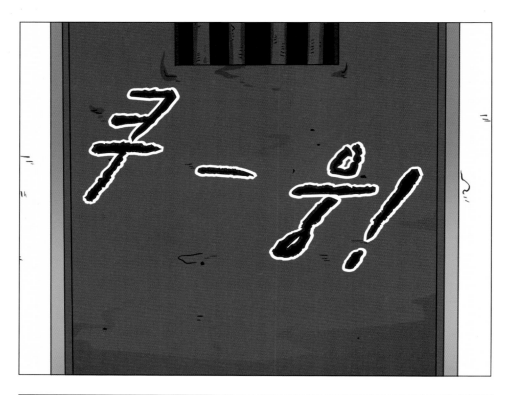

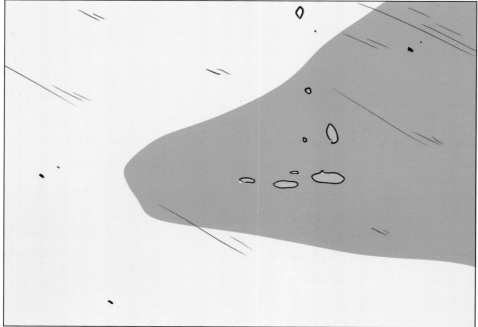

고마워요.
...정말로.

형, 아침...

벌떡

하아암~

...아.

쩍

쩍

스물하나…

스물둘…

1552번, 짐 챙겨.

예?

이제 단체방으로
돌아가야지.

건강해 보여서 다행이구나.

예. 덕분에.

알고 있겠지만 단체방 생활 중엔 정비, 목공, 제과제빵 중 한 가지 특기를 골라야 한다.

방도 거기에 맞춰서 배정받게 되고.

제가 고를 수 있는 건가요?

그래. 적성에 맞는 걸로 골라봐.

1552

...

그럼 정비반으로 하겠습니다.
거기에 친구도 있어서.

친구라면
같은 날 입소한
그 노란 머리를
말하는 건가?

예.

그럼 그 녀석과
같은 방으로 배정해주마.
마침 그 방에
자리도 남았으니.

감사합니다.

다른 애들은 지금
오전 수업 중이다.
금방 돌아올 거니까
잠시만 대기해.

예.

쿵웅-

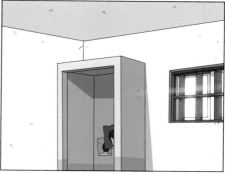

새삼 넓게 느껴진다.

내가 지금
이러고 있을 때가
아니지.

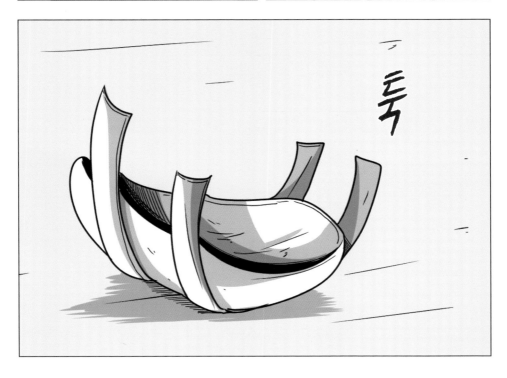

?!

두벅

두벅

덜컹!

어?

따악!

오늘 이 방으로 배정받은 차우솔입니다.

나이는 17살, 살인미수로 3년 받았고 남은 형기는…

됐어. 직원들한테 대충 들었다.

정비반
임시 반장 심요선이다.
잘 지내보자.

옛!

차우솔!!

따따따!

현민아.

우리 방으로
오게 된 거야?
잘됐네.

그러게.

짝!

빨리 식사 마치고
운동 집합하자.

임시 반장은
무슨 뜻이야?

원래 반장은
또 징벌방에 들어가서 썩고 있고,
서열 2위는 아직도 치료 중이고.

그래서 3위가 임시로
반장 노릇하고 있는 거야.

무슨 일 있었어?

반장들끼리 한판 붙었다가
셋이 사이좋게 입원하고
퇴원하자마자 또 사이좋게
징벌방 갔거든.

우리 총무는
괜히 머리 굴리다가
쫄딱 망했고.

153

그런 일이
있었구나.

진짜 빵살이
왜 이렇게 계속 꼬이나
모르겠다.

다른 반장들은
4일 후에 나오는데
우리 반장은 아직
2주나 남았거든.

으아아아아

또 얼마나
시달릴지 원.

근데 너…

응?

…안 힘드냐?
벌써 30개도 넘었어.

아, 이거?
괜찮아.

아직 반도 안 했어.

진짜 사람
달라지는 거
한순간이구나.

처음 볼 때만 해도
개미 새끼 한 마리
못 잡을 것 같더니.

뭘 달라기긴 간
거죠… 도현깟…

별로
대단한 것도
아닌걸 뭐.

저벅

이게 누구야?

?

끈 떨어진 연이 요기 있네?

너 때문에 우리 반장님이 턱 뽀개져서 얼마나 고생을…

아니지 낙동강 오리알이지. 큭큭큭!!

뻑!

커헉! 목공반!!

야!! 사람이 말을 하잖아!

하아

할 말 있으면 이따 하면 안 될까? 오늘 목표치를 아직 못 채워서.

우솔아, 목공반 무서운 형들이야.

저번에 너 끌고 간…

아니 형이 포인트가 아니야!!

아, 형들이야?

그럼 이따 이야기하면 안 될까…

콰당!

이 새끼는 뭔 말 같지도 않은 소리를 하고 있어.

크윽…

턱악

그러지 마요.

뭐?

우솔아…?

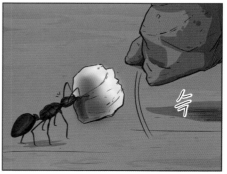

슥

ㅂㅂㅂㅂ
ㄹㄹㄹ

ㅋ
ㅋ

뭐야,
진짜로 얘가
맞아?

예, 언니.

다들 하도
떠들어대서 얼마나
대단한 년인가
했더니.

야 이년아.
이런 꼬맹이 하나를
못 데리고 와서
내가 직접 오게
만들어?

조심해요 언니.

저래 보여도
엄청 미친…

…발 치워.

움찔

?

치우라고.

…뭐?

현민이한테
그러지 말라고요.

하! 이 자식이
진짜 미쳤나?

야.

뒤지고 싶냐?

우솔아…
얼른 잘못했다고 빌어.

안 그래도 돼.

이 새끼가…

안 되겠네.
창고 뒤로 따라와.

우솔아!!

괜찮아.
시간 있어.

무슨 시간?

5분 안에 다녀오면
오늘치 운동 다
마칠 수 있어.

…

머~엉

…

출렁—

투둑

따악!

따악!

지금이라도 싹싹 빌면
강냉이 한두 개 정도로
끝내줄 의향도 있다.

그럼 그럼,

우린 반장님과는
달리 상당히 관대한…

저기.

?

중간에 말 끊어서
미안한데요.

당장 죽여주마!!

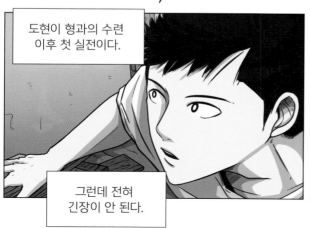

도현이 형과의 수련
이후 첫 실전이다.

그런데 전혀
긴장이 안 된다.

내 몸의 세포
하나하나가
확실히 알려주고 있다.

이 사람은…

치잇!

결코 내 상대가
되지 못한다고!

꼬익!

도현이 형에겐
전혀 통하지 않았는데…

내 주먹에는 어느 정도의
힘이 담겨 있을까?

컥!!

경민아!!

죄, 죄송해요.

?

처음이라
잘 몰라서...

절대로 일부러
그런 건 아니고.

...아무튼
죄송해요.

진짜 이렇게까지 할 생각은 아니었는데...

근무자들한테는 이 친구가 혼자 운동하다가 다친 거라고 이야기할 테니까...

...그렇게 미안하면 나는 안 싸우고 넘어가도 될까...

...요?

아, 그래주실래요?

끄덕

가자, 현민아.

어? 어...

...이거 실화냐?

빨리가자...

…치우라고.

고년
노려보는 거
봐라.

눈깔에
힘은 좀 풀지?

치우라고 했다.

아까부터
왜 발 이야기를…

즈윽

…뭐야
설마 이것
때문에?

…죽었네.

그런데 이걸 어쩌나?
난 그런 양아치들하곤
차원이 다른 진짜
싸움꾼이거든.

너희
지금 뭐 하는 거야!?

쳇, 김샜네.

말 많네.

빠이악~!!

별거 아닌데요.
그냥 처음 만나서
인사 좀…

?

훅

너 또 사고 치면 어떻게 되는지 몰라서 그래?

또 징벌방 들어가고 싶어? 제발 부탁이니까 성질 좀 죽여라. 응?

별거 아니라잖아요.

으득

뭐야, 왜 다들 저년만 말리는 거야?

저벅

저벅

너흰 뭘 보고 있어? 얼른 해산해!!

!

운동 시간 전면 통제당하고 싶어?

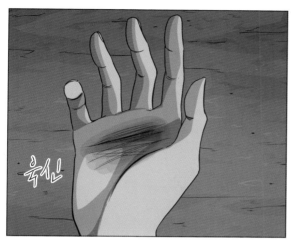

육신

씨익

이것 봐라?

정비실습실

① ②

연료는 최초 주유 후
탱크에 저장되어 있다가
펌프로부터 압송이 돼,

연료 파이프를 지나
연료 필터, 연료압 조정기,
인젝션 펌프에 이른다.

그 난리를 치고 와서
곧바로 운동 재개냐?

아까는 상체고
지금은 하체야.

이 정도면 완전히
운동 중독인데?

그냥 수업만 듣고 있으면
시간이 아깝잖아.

왜 그렇게 죽기 살기로
열심히 하는 건데?
이미 충분히 강해졌잖아.

아직 한참 멀었어.
지금보다 몇 배는 더
강해져야 해.

!

응?

왜?

너도 이곳에서
왕처럼 군림하고
싶어진 거야?

그런 건 관심 없어.

꼭 해결
해야 할 일이
한 가지 있고…

그리고
꼭 되고 싶은 게
한 가지 있어.

꼭 되고
싶은 거?

179

너무 터무니없는 목표라서 지금은 말하기가 민망하네.

나중에 좀 더 떳떳하게 말할 수 있는 상황이 오면 그때 말해줄게.

다행이네.

뭐가?

그냥.
빵살이 하는 와중에 목표도 세우고, 열심히 노력도 하고 있잖아.

그래서 하는 말인데…

?

넌 정말 괜찮은 녀석인 거 같아.

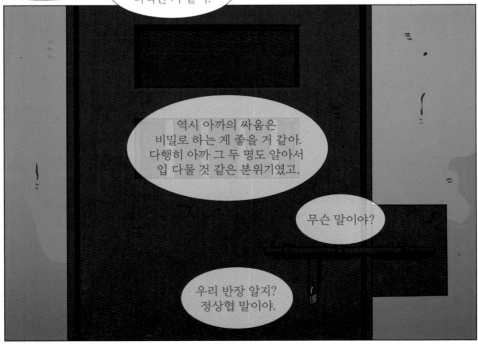

역시 아까의 싸움은 비밀로 하는 게 좋을 거 같아. 다행히 아까 그 두 명도 알아서 입 다물 것 같은 분위기였고.

무슨 말이야?

우리 반장 알지? 정상협 말이야.

여기선 한 번 싸움을 시작하면
중간에 멈출 수가 없구나.

알고 보니까 그 사람,
운동은 했지만 싸움은
별로 좋아하지 않는
점잖은 사람이었어.

그런데 본인의 위치가
위치다 보니까 어쩔 수 없이
혼자서 다른 두 반장을
상대해왔던 거고.

그랬구나.

그 이야길 듣고 나니까
문득 이런 생각이 들더라.

어쩌다 한 명을 꺾으면

너희들 무슨 운동하면
탁자만 다쳐서 이니?
엉슨이도 그렇고.

더 센 누군가가 나타나서
싸움을 걸고,

그 녀석마저
꺾고 나면 또 더 센
누군가가 나타나고.

결국 누군가에게
지거나 아니면 이곳의 모두를
쓰러뜨릴 때까지 싸우고
또 싸워야 하는구나.

181

그년은 왜 안 보여?

그년도 의류반이라며?

곧장 상담실로 끌려갔어요.

아마 잔소리 좀 듣고 오겠죠.

왜 또 그년만 상담실인데?

...

이러면 꼭 내가 피해자 같잖아? 씨발. 진짜 자존심 상하게.

역시 최대한 빠른 시일 내에 밟아놔야겠어.

…계속 이긴다고
마냥 좋은 것만도
아니야.

우리 반장만 보더라도 벌써
징벌방 두 번에 입원 한 번이야.
재수 없었으면 형량까지
늘 뻔했고.

방금 말했다시피
딱히 싸움질을 좋아하는 것도
아닌데 상황이 그렇게
돼버린 거야.

어쩌면 여기서
가장 영리한
사람은…

출소할 때까지
자기 힘을 감추고 조용히
지내다가 나가는 사람이
아닐까 싶어.

너 좀 의외다?

응?

아, 물론 내가
그렇다는 이야긴
아니고.

누가 뭐래?

이제 빵살이 폈다고
막 좋아할 줄 알았더니
의외라고.

이렇게!

…누구
훔쳐내냐고요?

사실 좀 아쉽긴 한데,
친구잖냐.

피식

거기 둘!!
니넨 만나기만 하면 떠드냐?

죄송합니다…

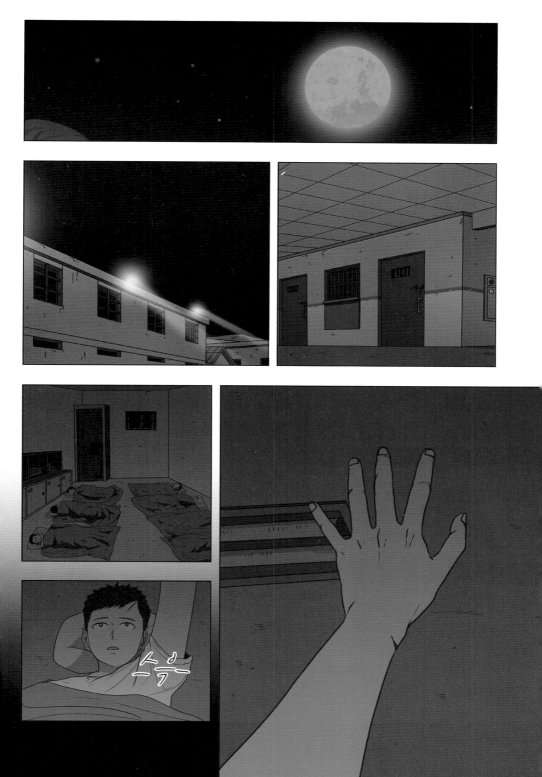

꼬악-

...

두근 두근

움찔!

정타가 들어가는 순간 마치 감전이라도 된 것 같은 짜릿한 느낌이 온몸을…

헉!

자꾸 이런 생각하면 안 되는데!!

현민이가 한 말 잊었어?

포옥

더 이상 불필요한 싸움에 휘말리면 안 돼.

남은 복역 기간 동안 운동에만 집중하자.

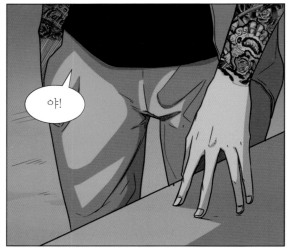

야!

자리 좀 바꿔주지?

보다시피 태닝을
좋아해서 말이야.

…

그래, 어제 하던 거
마저 해야지?

뚜벅

뚜벅

슥

덜컹

슥

?!

뚜벅

뚜벅

하!
싸우기 싫다
이거지?

쩌억!

네가 이겼다고.
끝장 봤으니까
됐지?

빠득!

저년이…

…저년이

저럴 리가 없는데?

자, 오늘은
여기까지.

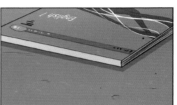

우르르—

!!

콰당—!

피식

하아…

생각보다
유치하네.

!

...

아무래도 상담실에서
잔소리 정도로 끝나진 않은
모양인데요.

뭐?

이런 거 그냥 넘길
성깔이 아니거든요.

...

확실히 그땐
그렇게 보였어.

그런데
지금은 왜?

또 문제 일으키면
형량을 늘리겠다는
경고를 받았겠죠.

몇 달씩 징벌방에 가둬놔도
성깔을 안 고치니까 형량으로
조지는 수밖에요.

그래서
참을 수밖에 없다?

언니 입장에선 잘된 거죠.
손도 안 대고 코 푼 셈인데.

그런 건 별로
맘에 안 드는데.

야.

예?

너 이제부터
그년 맘껏 갈궈.

예?

맺힌 거 많다며.

…아주 많죠.

쓱—

197

!

뭐? 왜?
오랜만에
한판 뜰까?

울렁

…꺼져.

정말로
못 덤비잖아?

!

씨악~

근데 말투가
좀 개 같다?

쿵!

가만 보면 항상 말이
반토막이라니까.
나이도 어린 게.

쿵

…

이게 사람이
말하는데!!

퍽!

오늘 날 잡았다
개 같은 년!!

퍽!

198

쪽!

왜?

획

또 덤벼보지그래?

...정말이야?

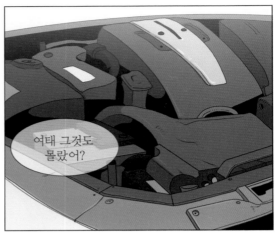

여태 그것도 몰랐어?

하긴 넌 대기방에 잠깐 있다가

곧바로 정도현네 방으로 이감됐으니까 몰랐을 수도 있겠다.

생각해보면 남자만 교도소에 들어올 리가 없긴 해.

하지만 지금껏 여자 수감자는 한 번도 못 봤는걸.

남성 수감동

여성 수감동

쿵일 날 소리!

당연히 따로따로 분리해놨지.

교도소가 무슨 애정촌도 아니고.

하지만 하늘이 무너져도 솟아날 구멍은 있는 법!

으흐흐흐흐

202

여자를 만날 수 있는 기회가
아예 없는 건 아니야.

응? 무슨?

흐음...

나 의무실 가봤는데
남자밖에 없던데.

네가 무던히도
운이 나빴던 거겠지.
여자 북이 없구만...

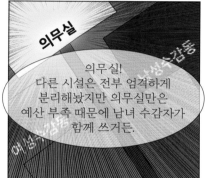

의무실

의무실!
다른 시설은 전부 엄격하게
분리해놨지만 의무실만은
예산 부족 때문에 남녀 수감자가
함께 쓰거든.

그리고
들리는 소문에 의하면
거기 간호사 중 한 명이
그렇게나 예쁘다고
하던데.

!

좋았어!

소문이 사실이라면
요걸로 손가락 하나쯤
희생해서라도…

툭ㅅ

엇?

아, 미안.

빠악!

…

그냥 단순한 타박상이야.

뼈에는 아무 지장 없으니까 하루 이틀 정도 쉬면 자연히 완쾌될 거야.

그래도 이왕 왔으니까 진통제 한 대 맞고 가.

다행이다.

휴우~

운동은 계속해도 되는 거죠?

큰 지장은 없겠지만 그래도 당분간은 무리하진 말아야지?

예.

다 됐다.

혹시라도 갑자기
통증이 심해진다거나
하면 이야기하고.

예.

휙!

작업화 안 신은
내 탓도 있지만...

그렇다고 내 발가락을
희생시키면 어떡해.

뭔가 미안하면서도
고마운 기분이다.
소문 이상인데?

누나~사랑해요...

끼이익~

와, 여자들 쪽도
살벌한가 보다.

이것도
소문 이상...

...

…하긴 내가
신경 쓸 일이 아니지.

치료나 합시다.

후우-

…

정말로 아무 일도
없었다고요.

휴식이
최우선인 건 알지?

…

…그리고.

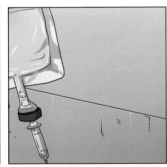

최소 3~4일 정도는
입실해야 돼.

할 말 있으면
직원 불러줄 테니까
언제든지 이야기만 해.

▣▣▣에휴

할 말 없어요.

몇 번을 말해요.

정말로 계단에서
굴렀다니까 그러네.

…거짓말.

전부 펀치와 킥에
의한 타박상이야.

저 작은 애가
대체 뭘 얼마나 잘못했길래
저 지경이 되도록…

야.

끌
척!

!

뭘 쳐다봐?

아,
그게 아니라…

난 그냥…

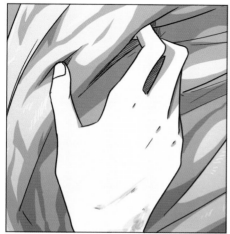

추락~!

하하,
좀 열악하지?

예산 때문이니까
너그러운 마음으로
이해해주라.

…

213

어디를 가나
다 마찬가지구나.

피해를 당한 자가
오히려 더 숨기고
마음 졸여야 것은.

무슨 생각을
그렇게 골똘히 해?

응?

하긴.
너도 수컷이었지.

무슨 소릴
하는 거야?

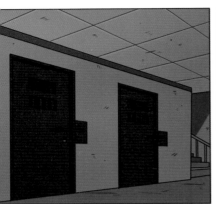

뚝벅

뚝벅

덜컹!

0901번.

0991번.

원래 방으로 복귀다.

새끼들아, 오랜만이다.

쿠 ― 웅

다녀오셨습니까!

!

어이, 김경민이.

예, 옛!

흠찔!

1499

어떻게 된 거야?

우, 운동하다가 다쳤습니다!

그건 직원들한테 둘러댈 때나 하는 말이고.

정말로 어떻게 된 거냐고.

하! 내가 자리를 너무 오래 비우긴 했나 봐.

절절

저, 정말로 철봉에서 떨어져서…

…?

씩

툭

텅!

레프트 어퍼컷.

아주 그냥
제대로 들어갔네.

병신 새끼가 누굴
해태 눈깔로 아나.

빠드득!

어 그, 그게…

쭈룩

쭈룩

…누구 짓이야?

운동에 공부까지…

진정한 사기캐의
길을 걷기로
결심한 거냐?

너무 완벽하면
재수 없어 친구야.

응?

오전 내내
아무것도 안 하는 것보단
재미있으니까.

푸하하!
재밌어?

공부가
재미있다고?

운동, 공부에 이어
개그까지…

?

이… 이럽순…

어이, 우등생.

…

우리 애들 상대로
재미 좀 봤다며?

…말했구나.

빵살이 하다 보면
주먹다짐 좀
할 수 있지.

그딴 거 가지고
시비 틀 생각은 없어.

그런데 말이야.
너도 돌아왔고
나도 돌아왔으니까…

철억

228

가자.

…

어쩔 거야?

안 뜰 거지?
내가 전에도 말했…

원래 그럴
생각이었어.

그런데 지금 참으면
석 달간 매일
얻어맞게 생겼잖아.

걱정 마.
그리 쉽게 당하진
않을 테니까.

차라리
그편이 나아.

이기고 지고가
문제가 아니라!!

우리가 징벌방에서
나온 게 어제인 건
기억하지?

그게 뭐 어쨌다고?
들키지만 않으면
그만이지.

큭큭큭!
하긴.

그건 그렇고
넌 왜 여기서 얼쩡대?

적당히 상황 봐서
내 뒤통수를 칠
생각이라면 꿈 깨라.

그냥 심심해서
구경 온 거니까
신경 끄셔.

다음 주에 나올
전봇대 놈을
깨기 위해서라도
널 배신해선 안 되지.

…지금은 말이야.

씨익

솔직해서 좋네.

머식

방장님,
저기 옵니다.

1498

저벽

저벽

오호.
완전 설렁설렁
걸어오는데?
패기 인정!

어쩔 수 없는
싸움이다.

…라고 말하긴 했지만
사실은 그게 아니다.

235

처 맞으러 오는 주제에
가오 잡지 말고
빨리 뛰어와서
엎드려 새꺄.

…우솔아.

할 수 있으면 해봐.

큭큭! 정도현 밑에서 몇 달 지내더니 헛바람 하나는 제대로 들었네.

벼락치기 수련 따위로는 결코 넘을 수 없는 벽을 보여주마.

와봐.

ㅈㅈ끅끅

!

오오, 짜세 나오는데?

긴장해야겠다야!

하! 누가? 내가?

저딴 거 10초면 충분해.

투

흑!

!!

저 체구에 이 정도 스피드라니.
확실히 이전의
두 명과는 차원이 달라.

…하지만

풀 파워 스윙은
야구나 골프 같은 스포츠에는
어울릴지 몰라도.

격투기에선
금기 사항이야.

허리와 어깨를 과하게
회전시킬 경우
그 펀치가 불발로 끝나버리면…

순식간에 상대에게
등을 노출할 수 있거든.

혹 상대가
그런 모습을 보인다면.

그때야말로 완벽한

카운터 타이밍이다.

245

그리고 이번엔
네가 방심했네.

?

?!

벌써
등 보여도 돼?

씨이익

터억

좀 따끔했다.

욱신

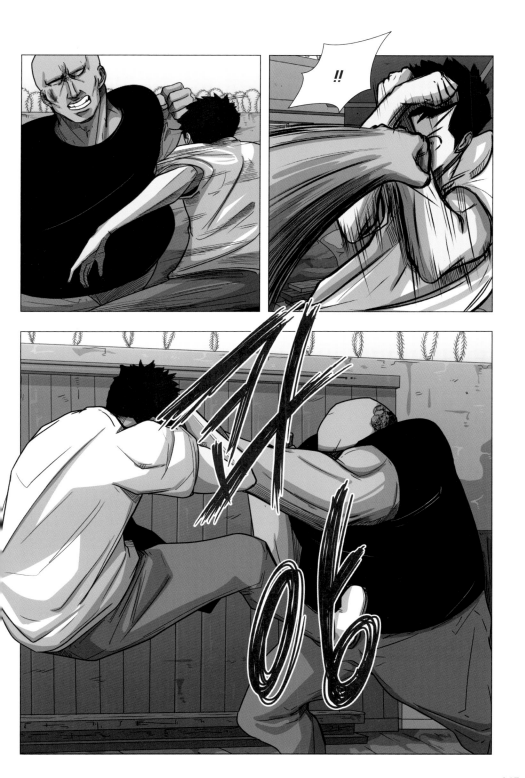

247

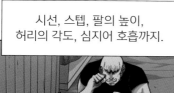
시선, 스텝, 팔의 높이,
허리의 각도, 심지어 호흡까지.

자세히만 살피면
상대의 몸은 끊임없이
메시지를 보내고 있어.

각종 징후들이 만들어내는
최종 결과물을 마치 구구단
외우듯 기계적으로
암기해버리면…

상대가 공격을 준비할 때
내 몸은 이미 방어를 시작한다.

끄악!

뿌빠!!

텨빠!!

안면을 노리는
레프트 훅.

249

이제 내 차례다!

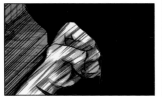

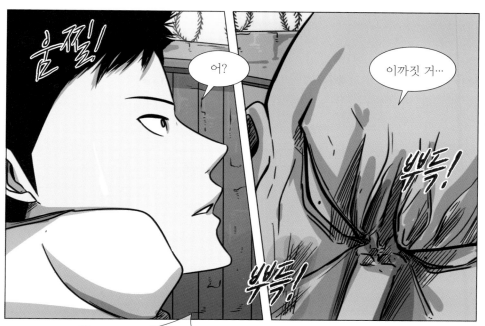

같이 치고받는 건
무조건 내 손해야.

…맞지 않고
공격해야 한다.

후우…

으득!

…발차기가 특기인
나와 수차례
겨뤄본 놈이라는 것이지.

그 정도 발차기쯤은
익숙하다고.

넌 이제 끝이다, 우등생!
크하하하하!!

끝났군.

깝죽거리더니 꼴좋다!
애송아!!

…

우솔아…

반장님 끝내버려요!

…예상대로야!

?!

턱!

컥!

후엉

타악!

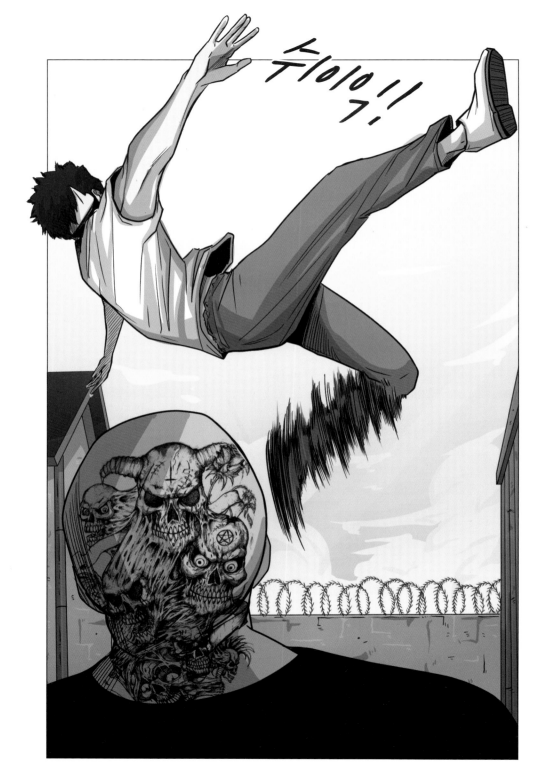

!!!!

뭐야 저건?!

퍽!

259

제대로
들어갔어!

…짜증 나네.

야야, 실컷 두들겨 맞고 나서 그렇게 살벌한 표정 지어봐야 씨알이나 먹히겠냐.

넌 좀 닥치고 있어.

수틀리면 너도 박살내버리는 수가 있다.

큭큭! 무서워서 오줌 지리겠네.

그런 허세는 일단 저 녀석부터 처리한 후에 부려야 하지 않을까?

안 그래도 이제부터 그럴 참이었거든.

뚜둑!

봤지? 내 가오 때문에라도 널 박살내버릴 수밖에 없게 됐어.

허억

허억

이제부터가 빡빡이
녀석의 진짜 실력이다.

우등생. 과연 네가
감당할 수 있을 까?

좀 전보다
더 빨라졌어!

쿡!!

피하긴 늦었어.

이럴 땐 차라리…

으...

간지럽다니까!!

컥!

우솔아!!

크윽…!!

그래,
일어나야지. 아직
한참 남았는데.

근성은 대단하다만
방금 전 복부 공격으로
다리가 풀렸어.

이젠 스피드의
우위마저 사라졌다.

…끝났군.

…우솔아.

허억...　　　허억...

그 짧은 기간 동안
이 정도까지 성장한 건
칭찬해줄게.

하지만 죽었다
깨나도 안 되는 게
있는 법이야.

...도현이 형이
그러더라고.

웃어?

멱살은…

바보들이나
잡는 거라고!

커헉!!

제대로 꺾였다.

빡빡이 녀석,
당분간 한쪽 팔은
아예 못 써.

정말 적당히 해서는
안 될 놈이구나.

빡빡이의
한손 대 우등생의 양손.
위력은 얼추 비슷하다.

그 사람은 나와는
아예 다른 세계에
살고 있는 사람이었다.

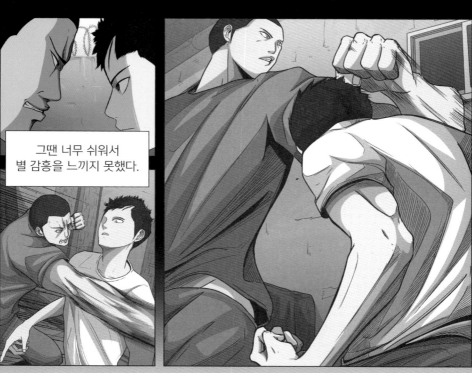

그땐 너무 쉬워서
별 감흥을 느끼지 못했다.

헌데 지금은
불타오르고 있다.

내 모든 것을 불살라서라도
저 강한 사람을 쓰러뜨리고 싶다.

이기고 싶다.

허억

허억

허억

…그리고

실제로 이길 수 있다는 사실이 너무 기쁘다!

!?

타악!!

스윽

으직!!

으직
으직
콸콸

끄윽!!

끄으!!

…아, 안 돼.

내가…

이따위 놈에게…!!

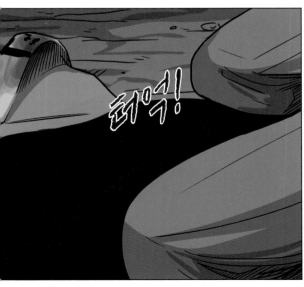

타악!

그만해.
죽일 셈이냐.

후우...

후우...

늘 아웅다웅하긴 했지만
서로의 실력만큼은
인정하는 사이였지.

빡빡이는
나와 수차례 싸웠지만
끝내 승부를 못 낸
놈이었다.

그래서?

후우

후우

나하고도
한판 붙자.

뭐?

상황이 되게 웃기게
돼버렸잖아.

자칫 나까지 너보다
아랫줄로 보일 수 있단
말이지.

이대로 두 손 놓고
도매급으로 취급받을 순
없잖아?

거절해야 돼.
또 큰 싸움에
휘말려버리면…

물론 오늘
당장 붙자는 건
아니야.

?

빡빡이가 다 차려놓은
밥상에 숟가락만 올리는 짓은
사양하겠어.

그렇게 상대해야 하는 건
딱 한 놈뿐이거든.

부상을 치료하고
체력을 회복할 시간은
충분히 주겠다.

닷새 후에 이 시간,
이 자리…

아니.

?

난 지금도
상관없는데?

…

!!!!

안 돼.

지금 한성용과
붙으면!!

하! 나 참.
늦게 배운 도둑질에
날 새는 줄을 모른다더니.

어찌어찌
한 번 이기고 나더니
상황 파악 못 하네.

오버하지 말고
곱게 보내줄 때
그냥 가라.

내가 상관
없다잖아.

하하, 내가

상관있다니까.

!?

털썩!

지금 당장
널 작살내는 건
손바닥 뒤집기보다
쉬운 일이야.

그런데 그런 건
의미도 재미도
없거든.

울찔!

그 발차기…
뭐였지?

울찔!

아니 그보다
몸이…

꾸악

몸이
움직이질 않아!

명심해.
닷새 뒤다.

스윽

스윽

직원들한텐 알아서 잘 둘러대. 일 키우지 말고.

예?

예!!

그리고 혹시나 해서 하는 말인데 지금 저 녀석 밟을 생각이었다면 관두는 게 좋을 거야.

그딴 짓 하는 놈은 내 손에 다 죽어.

뜨끔!

예!!

저벅

저벅

꿀꺽

1499

반장님!

우솔아!

괜찮으십니까?

괜찮아?

슥

얼른 가자.
여기 오래 있어봐야
좋을 거 하나도 없어.

걸을 만해?

어. 이젠 괜찮아.

그보다 마지막 한성용의 그 발차기. 어땠어?

뭐?

분명히 나와 마주 본 상태에서 공격했는데

정작 충격을 받은 곳은 뒤통수였단 말이지.

그 발차기를 제대로 파악하지 못하면 체력을 회복하고 다시 붙어도 승산이 없어.

녹화된 영상이라도 있으면 좋을 텐데.

…

너 변했어. 그건 알고 있지?

그게 무슨 말이야? 내가 변하다니?

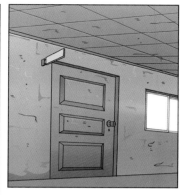

상처도 다 아물었고
부기도 다 빠졌네.

마지막으로
한 번만 더 물을게.
너 정말로 계단에서
구른 게 맞아?

이제 원래 방으로
돌아가도 되겠어.

...

예.

괜찮으니까
할 말 있으면 해.
혼자 고민하지 말고.

없는데요..

끝났으면
가보겠습니다.

요즘 부쩍 저런 애들이
많아진 것 같아
걱정이에요.

아까 그 남자애들도
누가 봐도 싸운 건데
운동하다가 다쳤다고
우기고 있고.

우린 신경
쓰지 말고 우리
일이나 잘합시다.

직원들이
제대로 조사한다고
했으니.

...

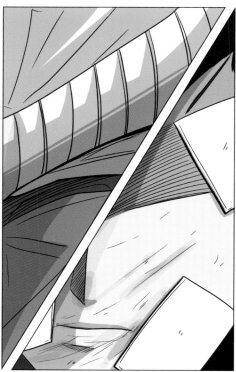

몸 상태들은 어때?

뚝깍!

다행이네.

별거 아닙니다.

괘, 괜찮아요.

그러니까 니들 말은 둘 다 운동하다가 다쳤다 이 말이지?

후우-

같은 날, 같은 시간, 같은 장소에서?

고문석

문제 있습니까?

물론 문제없지.

너희가 거짓말만 하지 않았다면 말이야.

거짓말한 거 없습니다.

넌?

네?

똑바로 말해.

고문석

저, 저 말이 맞아요.

조금쯤은 그럴싸하게 지어내야 내가 속아 넘어가는 척이라도 해줄 거 아냐.

후우

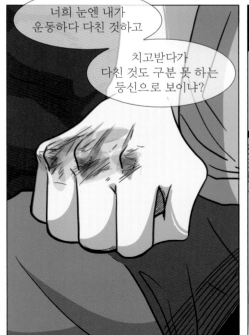

너희 눈엔 내가 운동하다 다친 것하고

치고받다가 다친 것도 구분 못 하는 등신으로 보이냐?

꿀꺽

이 사람, 전부 알고 있어.

증거 있습니까?

?!

...

배운 분들은 증거 좋아하잖아요.

사진이나 영상, 목격자 증언 같은 확실한 증거 있냐고요.

없지. 없으니까 너희에게 직접 묻는 거고.

그럼 이야기 끝났네요.

허허. 당사자들이 끝까지 우긴다면야 방법이 없지.

…

…지금 당장은 말이야.

오늘은 이쯤 하자.

고문석

난 골칫거리가 한 명 더 느는 걸 원치 않아.

무슨 말인지 이해했으리라 믿는다.

…

차우솔.

훗!

예?

나가봐.

구질구질하게
핑계 따윈 대지 않겠다.

이번엔 졌다.

다만 이걸로
끝이라곤
생각하지 마라.

한 가지 더.

?

나와 다시 붙기 전까진
그 누구에게도 지지 마라.

...

특히 주근깨 놈한테
져버리기라도 하면...

뿌드득!!

그땐 진짜
너 죽고 나 죽는 거야.

쓱!

...

벌써 퇴원하나 보네.

저 아이는?

...

너, 너무 오래 쳐다봤다...

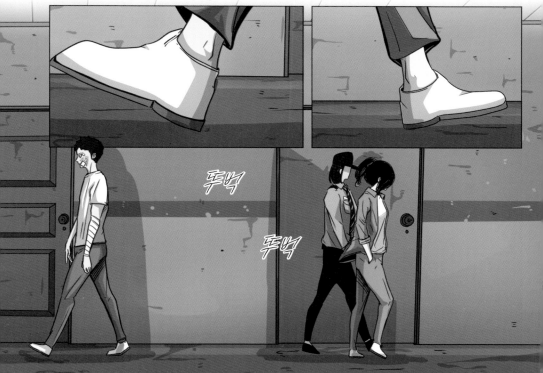

시끌

시끌

자, 그럼 10분간
휴식.

씨발 존나
지겹네.

덜컹!

?

저게 누구야?

씨익

저기 유선 언니가
찾으신다. 일어나.

이젠 아주
순한 양이로군.
좋아!

계단에서 굴렀었다며?
조심 좀 하지.

...

이왕 드러누운 거
푹 좀 쉬다 오지
왜 벌써 돌아왔어?

할 말만 해.

307

피식

그럼 그럴까?

벌떡

우리 좀
솔직해져볼까?

요즘 입장이
아주 난처할 거야.
그치?

까딱하면
형량 추가될 판이라
예전처럼 성질대로
냅다 지를 수도 없고.

그렇다고
가만히 참고 지내자니
여기저기서 다들
쿡쿡 찔러대고.

그런 너를 불쌍히 여겨서
아주 특별히 제안을
한 가지 할까 해.

쑥

이 아래로 기어가면서 개처럼 짖어.

그 짓을 딱 한 번만 하고 나면 앞으로 그 누구도 널 터치하지 않을 거야.

그건 내가 보증하지.

성질 못 이기고 곧장 덤벼들어도 좋고

모두가 보는 앞에서 확실하게 굴복해도 나쁠 건 없다.

자… 어쩔 테냐?

4권에서 계속

샤크 3

초판 1쇄 발행 2019년 5월 10일
초판 2쇄 발행 2021년 1월 20일

지은이 운 김우섭
펴낸이 김문식 최민석
기획편집 이수민 박예나 김소정 윤예솔 박연희
마케팅 임승규
디자인 손현주 배현정
편집디자인 김대환
제작 제이오

펴낸곳 (주)해피북스투유
출판등록 2016년 12월 12일 제2016-000343호
주소 서울시 성북구 종암로 63, 4층 402호 (종암동)
전화 02)336-1203
팩스 02)336-1209

© 운·김우섭, 2019

ISBN 979-11-88200-92-4 (04810)
       979-11-88200-89-4 (세트)